Mandaderos de la lluvia

Mandaderos de la lluvia

y otros poemas de América Latina

Compilación
Claudia M. Lee

Ilustraciones
Rafael Yockteng

*

Un Libro Tigrillo
Groundwood / Douglas & McIntyre
Toronto Vancouver Berkeley

Agradecimientos

Agradezco a mi compañero, José Antonio Ramírez, y a mis hijos, Juan Martín, Natalia y Ana Camila que me regalan besos y sonrisas cada día; a Andrés C. Leone, Sue Oringel, David Unger y Beatriz Zeller, quienes con su arte en las palabras y su sentir en dos culturas tradujeron los poemas al inglés. También agradezco la generosa colaboración que recibí de Enrique Solano Rodríguez y de Javier Villegas Fernández desde Perú, de Sergio Andricaín desde Florida, de Anne Doherty desde Nueva York, de Claudia Ferreira-Talero desde Nicaragua, de Magali Leal de Urdaneta desde Venezuela; y por supuesto, de Patricia Aldana, Nan Froman, Lucy Fraser y Michael Solomon de Groundwood Books, quienes dieron forma a esta antología.

Groundwood Books / Douglas & McIntyre
720 Bathurst Street, Suite 500, Toronto, Ontario M5S 2R4

Distribuido en los Estados Unidos por Publishers Group West
1700 Fourth Street, Berkeley, CA 94710

National Library of Canada Cataloguing in Publication Data
Mandaderos de la lluvia y otros poemas de América Latina
ISBN 0-88899-471-0
1. Children's poetry, Spanish. 2. Spanish poetry--21st century.
I. Lee, Claudia M., II. Yockteng, Rafael

PN6109.97.M36 2002   j861'.708'09282   C2002-900522-1

Library of Congress Control Number: 2002102924

Diseño del libro de Michael Solomon
Impreso y encuadernado en China por Everbest Printing Co. Ltd.

Contenido

Prólogo

L<small>AS CULTURAS</small> de América Latina están unidas por la herencia del idioma castellano, aunque no sea éste el lenguaje de todos los latinoamericanos. Compartimos también un territorio largo y ancho cuya geografía es una continuidad de montañas, valles, ríos, desiertos, selvas, ciudades, mares y llanos, que resalta nuestras diferencias culturales y que, en gran medida, las ha forjado. Estas divergencias han hecho que nuestra colección de poemas sea como una cobija de retazos, hilados con ecos de poetas nativos que hablan con la naturaleza y con voces que cuentan las historias de los habitantes de las ciudades antiguas y de las nuevas. Estas palabras atraviesan los puentes que separan y unen a las culturas; por eso descubren nuestro afán por entender la vida y por buscar esa paz, escurridiza y distante, que nos ha eludido ya por más de cinco siglos. Esta antología está dedicada a los jóvenes y a todos los que conservan un espíritu de aventura y un deseo de arreglarlo todo. Palabra por palabra, los poetas recuperan un momento, comparten un sentir o cuentan una historia para enseñar a los jóvenes y despertar sus sueños. Hoy no es distinto soñar, una palabra es un intersticio por donde se cuela un amanecer, un silencio o un universo soñado. Esperamos, pues, que todos los jóvenes, con su frescura para ver y apreciar las cosas, encuentren en estas palabras los ecos de esos mundos y la inspiración para soñar los suyos propios.

Esta selección incluye poemas de 19 países de América Latina. Es una pequeña muestra de las corrientes literarias que nacieron y evolucionaron en el siglo XX, representadas por algunos poetas considerados clásicos dentro y fuera de nuestras culturas, además de algunas voces de mujeres y hombres que, aunque han sido fuerza renovadora e inspiradora de nuestra literatura, no son tan conocidas.

Aunque la búsqueda de los poetas no fue fácil, ya que las mujeres y los indígenas no han tenido la misma oportunidad de escribir y publicar que los hombres, seleccionar los poemas fue una tarea sencilla. Consciente de que la antología está dedicada a jóvenes lectores escogí textos con un lenguaje simple y directo. También los seleccioné buscando compartir los pensamientos y sentimientos de nuestras culturas. Surgieron, en la antología, temas como la magia y el humor, que presentan una manera singular de ver la vida y de resolver los problemas, grandes y pequeños; como diría mi madre, "esa capacidad innata que tenemos de convertir las tragedias en comedias". Sin pretender ilustrar ningún punto de vista, ni visión política alguna, una parte importante de esta antología encierra imágenes de nuestras luchas por la libertad, mientras que otros poemas reflejan la tradición de respeto y contemplación de la naturaleza. Finalmente, están aquellos que muestran la complejidad de las culturas indígenas dentro de nuestro territorio y los cantos y rondas de la tradición oral.

Claudia M. Lee
Filadelfia, marzo de 2002.

Cantos y arrullos
de nuestra tradición

ARROZ COM LEITE
Tradicional
BRASIL

Arroz com leite,
quero brincár
com uma das meninas
do meu coraçăo.

Que saiba ler,
que saiba escrever,
que saiba abrir a porta,
para eu entrá(r).

Com esta, sim.
Com esta, năo.
Com uma das meninas
do meu coraçăo.

Brincadeiras Cantadas, Editora Kuarup,
Porto Alegre, 1973.

ARROZ CON LECHE
Tradicional
LATINOAMERICANO

Arroz con leche
me quiero casar
con una señorita
de la capital.

Que sepa leer,
que sepa escribir,
que sepa abrir la puerta
para entrar y salir.

Con ésta sí,
con ésta no,
con esta señorita
me casaré yo.

CANCIÓN

Teresa Crespo de Salvador

ECUADOR

A mi hija María Isabel

Caracolita rosada,
flor del mar,
mi niña quiere robarte
tu cantar.

Abeja, rubia hechicera
de la miel,
mi niña quiere aprenderse
tu vaivén.

Nieto negro de la luna,
capulí,
mi niña quiere probarte,
baja aquí.

Luciérnaga, tierna hermana
del farol,
mi niña quiere dormirse,
apaga el sol.

Colibrí, dulce retoño
del bambú,
mi niña ya se ha dormido,
vélale tú.

Escuela y poesía, Cooperativa Editorial Magisterio,
Santa Fé de Bogotá, 1997.

DAME LA MANO

Gabriela Mistral

CHILE

Dame la mano y danzaremos;
dame la mano y me amarás.

Como una sola flor seremos,
como una flor, y nada más…

El mismo verso cantaremos,
al mismo paso bailarás.
Como una espiga ondularemos
como una espiga, y nada más…

Te llamas Rosa, y yo Esperanza;
pero tu nombre olvidarás,
porque seremos una danza
en la colina, y nada más…

Lectura y comunicación, Ediciones Santillana Inc., Guaynabo, 1997.

CANCIÓN DEL CACIQUE KORUINKA
Tradicional de los araucanos
CHILE

Toda la tierra es una sola alma,
somos parte de ella.
No podrán morir nuestras almas.
Cambiar, eso sí pueden,
pero apagarse no.
Somos una sola alma,
como hay un solo mundo.

Poesía indígena de América, Arango Editores, Santa
Fé de Bogotá, 1995.

DEL TRÓPICO
Rubén Darío
NICARAGUA

¡Qué alegre y fresca la mañanita!
Me agarra el aire por la nariz,
los perros ladran, un niño grita
y una muchacha gorda y bonita
sobre una piedra muele maíz.

Un mozo trae por un sendero
sus herramientas y su morral;
otro, con chanclas y sin sombrero,
busca una vaca con su ternero
para ordeñarla junto al corral.

Sonriendo a veces a la muchacha,
que de la piedra pasa al fogón,
un campesino de buena facha
casi en cuclillas afila un hacha,
sobre la orilla del mollejón.

Por las colinas la luz se pierde
bajo un cielo claro y sin fin.
Allí el ganado las hojas muerde
y hay en los tallos del campo verde
escarabajos de oro y carmín.

Sonando un cuerno curvo y sonoro
viene el vaquero y a plena luz
pasan las vacas y un blanco toro
con unas manchas color de oro
por los jarretes y en el testuz.

Y la patrona, bate que bate,
se regocija con la ilusión
de una gran taza de chocolate,
que ha de pasarse por el gaznate
con las tostadas y el requesón.

Poemas escogidos para niños, Editorial Piedra Santa, S.A., San Salvador, 1998.

ORACIÓN MATUTINA AL CREADOR
Tradicional de los guaraníes

PARAGUAY

¡Oh, verdadero Padre, Ñamandú, el Primero!
En tu tierra el Ñamandú de gran corazón, el sol,
se alza reflejando tu gran sabiduría.
Y como tú dispusiste que nosotros,
a quienes diste arcos, nos irguiésemos,
por ello volvimos a estar erguidos.
Y por ello, palabra indestructible,
que nunca, en ningún tiempo se debilitará,
nosotros, puñado de huérfanos del paraíso,
la repetimos al levantarnos.
Por eso, seanos permitido
levantarnos repetidas veces,
¡Oh, Padre verdadero, Ñamandú, el Primero!

Poesía indígena de América, Arango Editores Ltda., Santa Fé de Bogotá, 1995.

ESTÍO

Juana de Ibarbourou

URUGUAY

Cantar del agua del río
cantar continuo y sonoro,
arriba, bosque sombrío,
y abajo arenas de oro.

Cantar… de alondra escondida
entre el obscuro pinar,
cantar… del viento entre las ramas
floridas del retamar…

Cantar de abejas
entre el repleto
tesoro del colmenar…
Cantar de la joven tahonera
que al río viene a lavar…
¡Y cantar… cantar… cantar…
de mi alma embriagada y loca
bajo la lumbre solar!

Poemas escogidos para niños, Editorial Piedra
Santa, S.A., San Salvador, 1998.

LUNITA, VEA, CORRA Y VENGA

Enrique Solano Rodríguez

PERÚ

Lunita, vea, corra y diga
a sus hijas las estrellas
que mi niña llora
por jugar
con ellas.

¡Lunita, vea, corra y venga!
con sus hijas, su tristeza esconda
que mi niña llora por jugar la ronda.

Página virtual de la poesía Lambayecana, 2000.
Permiso de publicación otorgado por el autor.

17

CUENTOS DE NIÑAS

Carolina Escobar Sarti

GUATEMALA

Acaba de nacer
entre el invierno y los encajes.

Nació pequeñita
de alas
de vuelos.

Recibió muñecas,
anillos, flores
y velos.

Le contaron los cuentos
de príncipes y hadas
y le soñaron sus sueños.

Le enseñaron recetas
le escondieron aquello
la tuvieron viviendo
caminitos estrechos.

Llegó el príncipe
en un corcel negro
y la llevó al castillo
de sus abuelos.

Empezó a morir la niña
entre el otoño y los sueños.

Los años pasaron
sin dolor
sin misterio.

Y los velos rasgados
dejaron todo
al descubierto
no había más sueños,
ni príncipes, ni fuegos
sólo cansancio y silencio.

Entonces nació la otra niña
la de la primavera.

Nació grande
de deseos
de sueños.

Recibió alas, palabras,
estrellas
y besos.

Escucharon sus cuentos
de aventuras y juegos
y gozaron sus versos.

Le enseñaron el canto
y el sentimiento
y voló por los aires
casi sin tocar el suelo.

No esperó al príncipe,
ella alzó el vuelo
y vivió entre los mares, la tierra
y el cielo.

La penúltima luz, Editorial del Pensativo,
Guatemala, 1999.

EL RENACUAJO PASEADOR
Rafael Pombo
COLOMBIA

El hijo de Rana, Rinrín Renacuajo,
salió esta mañana muy tieso y muy majo
con pantalón corto, corbata a la moda,
sombrero encintado y chupa de boda.
"¡Muchacho no salgas!", le grita mamá,
pero él hace un gesto y orondo se va.

Halló en el camino a un ratón vecino,
y le dijo: "¡Amigo!, venga usted conmigo,
visitemos juntos a doña Ratona
y habrá francachela y habrá comilona".

A poco llegaron, y avanza Ratón,
estírase el cuello, coge el aldabón,
da dos o tres golpes, preguntan: "¿Quién es?"
"Yo, doña Ratona, beso a usted los pies".

"¿Está usted en casa?" — "Sí, señor, sí estoy;
y celebro mucho ver a ustedes hoy;
estaba en mi oficio, hilando algodón,
pero eso no importa; bienvenidos son."

Se hicieron la venia, se dieron la mano,
y dice Ratico, que es más veterano:
"Mi amigo el de verde rabia de calor,
dénmele cerveza, hágame el favor".

Y en tanto que el pillo consume la jarra
mandó a la señora traer la guitarra
y a Renacuajito le pide que cante
versitos alegres, tonada elegante.

"¡Ay! de mil amores lo hiciera, señora,
pero es imposible darle gusto ahora,
que tengo el gaznate más seco que estopa
y me aprieta mucho esta nueva ropa."

"Lo siento infinito, responde tía Rata,
aflójese un poco chaleco y corbata,
y yo mientras tanto les voy a cantar
una cancioncita muy paticular."

Mas estando en esta brillante función
de baile y cerveza, guitarra y canción,
la Gata y sus Gatos salvan el umbral,
y vuélvese aquello el juicio final.

Doña Gata vieja trinchó por la oreja
al niño Ratico maullándole: "¡Hola!"
Y los niños Gatos a la vieja Rata
uno por la pata y otro por la cola.

Don Renacuajito mirando este asalto
tomó su sombrero, dio un tremendo salto,
y abriendo la puerta con mano y narices,
se fue dando a todos noches muy felices.

Y siguió saltando tan alto y aprisa,
que perdió el sombrero, rasgó la camisa,
se coló en la boca de un pato tragón
y éste se lo embucha de un solo estirón.

Y así concluyeron, uno, dos y tres,
Ratón y Ratona, y la Rana después;
los Gatos comieron y el Pato cenó,
¡y mamá Ranita solita quedó!

País de versos, Tres Culturas Editores, Santa Fé de Bogotá, 1989.

MAÑANA DOMINGO

Germán Berdiales

ARGENTINA

Mañana domingo
se van a casar
la paloma blanca
y el pavo real.
A la palomita
la apadrinarán
la mamá paloma
y el pato, cuac-cuac.

Padrino del novio
su padre será
y será madrina
la garza real.
La novia de cola
y el novio de frac,
muy estiraditos
a casarse irán.
Brillante cortejo
los cortejará,
pues vendrá a la boda
gente principal.
Formando parejas
allí se verá
con una calandria
pasar un zorzal,
un pavo con una

paloma torcaz
y una golondrina
con un cardenal.

Y desde una rama,
que será el altar,
un pechito rojo
los bendecirá.

Poemas escogidos, Editorial Piedra
Santa, S.A., San Salvador, 1998.

BARRILETE (PAPALOTE)

Claudia Lars

EL SALVADOR

Alta flor de las nubes,
—lo mejor del verano—
con su tallo de música
en mi mano sembrado.

Regalo de noviembre,
nuevo todos los años
para adornar el día,
para jugar un rato.

Bandera de fiesta
que se escapa volando…
Pandereta que agita
remolinos lejanos.

Pececillo del aire
obstinado en el salto.
Pájaro que se enreda
en su cola de trapo.

Luna de mediodía,
con cara de payaso.
Señor del equilibrio.
Bailarín del espacio.

Ala que inventa el niño
y se anuda a los brazos.
Mensaje del celeste.
Corazón del verano.

Poemas escogidos, Editorial Piedra
Santa, S.A., San Salvador, 1998.

CAMINANTE
Humberto Ak'abal
GUATEMALA

Caminé toda la noche
buscando mi sombra.

Se había revuelto
con la oscuridad.

Utiuuu
un coyote.

Yo caminaba.

Tu tu tucuuur…
un tecolote.

Yo seguía caminando.

Zotz' zotz' zotz'…
un murciélago mascándole
la oreja a algún cochito.

Hasta que amaneció.

Mi sombra era tan larga
que tapaba el camino.

Guardián de la caída del agua, Artemis Edinter,
Guatemala, C.A., 2000. Permiso de publicación
otorgado por el autor.

JOSÉ MANUEL
Ismael Lee Vallejo
COLOMBIA

Payasito de trapo. Compañero,
único amigo de mi niñez…
Payasito de trapo, qué bien soportas
los baños fríos y reprimendas
que sin motivo te ajusto yo.
Velas mi sueño, saltas si salto,
ríes conmigo y en tu lealtad
estás llorando si me regañan
mi payasito José Manuel.
Y un día cualquiera que yo sea grande,
con gran tristeza te añoraré,
mi dulce amigo, mi compañero,
mi payasito, José Manuel.

Permiso de publicación otorgado por el autor.

EL TUKUMUX

Humberto Ak'abal

GUATEMALA

El Tukumux cantaba
balanceándose en las orillas del río.

Una muchacha lo quiso agarrar
para llevárselo a su casa.

El pájaro no se dejaba
y se puso a bailar.

Sin darse cuenta
ella comenzó a bailar con él.

Y bailaron, bailaron, bailaron
hasta que se acabó la luz del día.

El Tukumux se revolvió con la noche
y ella despertó llorando.

Desnuda como la primera vez, Artemis Edinter, Guatemala, C.A.,
2000. Permiso de publicación otorgado por el autor.

ICNOCUICATL
(Fragmento)
Tradicional de los náhuatl
MÉXICO

¿Qué podrá hacer mi corazón?
En vano hemos llegado,
hemos brotado en la tierra.
¿Solo, así he de irme,
como las flores que perecieron?
¿Nada quedará de mi nombre?
¿Nada de mi fama aquí en la tierra?
¡Al menos flores, al menos cantos!

Lo dejó dicho Tochihuitzin,
lo dijo también Coyolchuihqui:
"Que no venimos a vivir,
sólo venimos a soñar,
sólo venimos a pasar,
como la primavera".
Nuestra vida brota,
florece, se marchita.
Eso es todo.
Lo dijo ya Coyolchuihqui,
lo dejó dicho Tochihuitzin.

Poesía indígena de América, Arango Editores Ltda., Santa Fé de Bogotá, 1995.

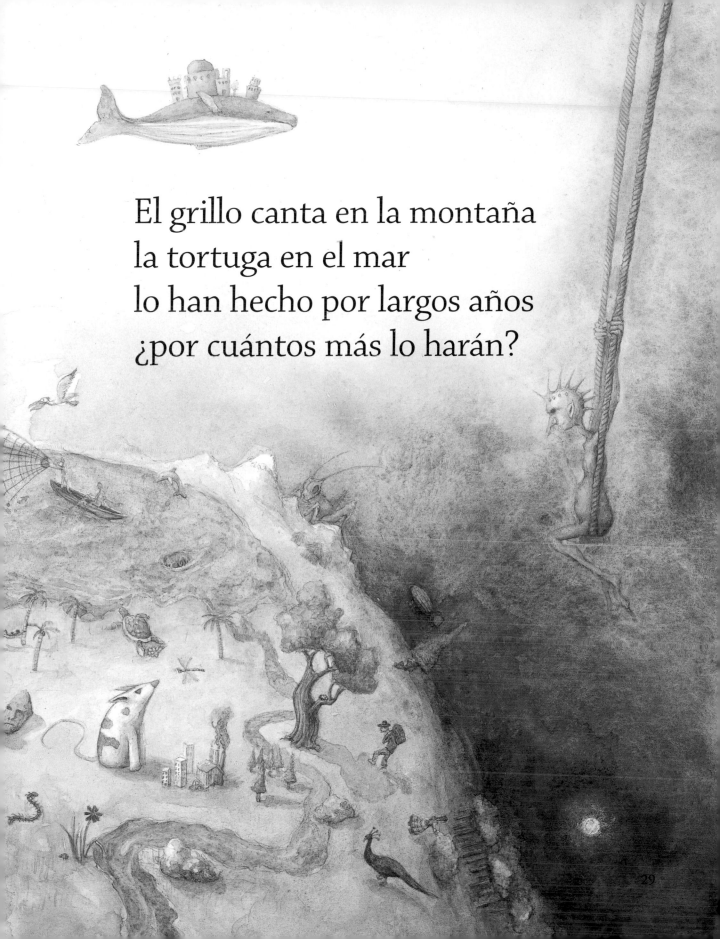

El grillo canta en la montaña
la tortuga en el mar
lo han hecho por largos años
¿por cuántos más lo harán?

¿DE DÓNDE LA ROSA?

Esther María Ossés

PANAMÁ

— Negra la semilla,
la tierra morena,
sin color el agua
que la baña entera.

¿De dónde la rosa,
la rosa bermeja?
¿De dónde ese rojo,
semillita negra?

— Un poco de luna,
de sol y de viento.
Un poco de lluvia.
        Lo demás… secreto.

Escuela y poesía, Cooperativa Editorial Magisterio,
Santa Fé de Bogotá, 1995.

DOÑA PRIMAVERA

Gabriela Mistral

CHILE

Doña Primavera
viste que es primor,
viste en limonero
y en naranjo en flor.

Lleva por sandalias
unas anchas hojas,
y por caravanas
unas fucsias rojas.

Salid a encontrarla
por esos caminos.
¡Va loca de soles
y loca de trinos!

Doña Primavera
de aliento fecundo,
se ríe de todas
las penas del mundo…

No cree al que le hable
de las vidas ruines.
¿Cómo va a toparlas
entre los jazmines?

¿Cómo va a encontrarla
junto de las fuentes
de espejos dorados
y campos ardientes?

De la tierra enferma
en las pardas grietas,
enciende rosales
de rojas piruetas.

Pone sus encajes,
prende sus verduras,
en la piedra triste
de las sepulturas…

Doña Primavera
de manos gloriosas,
haz que por la vida
derramemos rosas:

Rosas de alegría,
rosas de perdón,
rosas de cariño
y de exultación.

Gabriela Mistral y los niños,
Editorial Everest, S.A., León, 1988.

JINETE
Aramís Quintero
CUBA

Allá en el hondo campo
callada cruza en calma
la sombra de una palma
sobre un caballo blanco.

Callada y cabalgando
se aleja por el fondo.
Allá por lo más hondo
del silencioso campo.

Y cae sobre todo
la tarde como un canto.
Y aquel caballo blanco
se va poniendo rojo.

Días de aire, Editorial Gente Nueva, Ciudad de
La Habana, 1982. Permiso de publicación otorgado
por el autor.

EN EL JARDÍN
Emilia Gallego Alfonso
CUBA

Platero, burro andarín,
en busca de mariposas,
llegó trotando al jardín.

Platero, burro andarín,
encontró alas y rosas
amarillas y carmín.

Se va trotando entre rosas,
y alas de mariposas,
Platero, burro andarín.

Para un niño travieso, Universidad de La Habana,
Ciudad de La Habana, 1981. Permiso de
publicación otorgado por la autora.

LA ARDILLA
Amado Nervo
MÉXICO

La ardilla corre,
la ardilla vuela,
la ardilla salta
como locuela.

Mamá, ¿la ardilla
no va a la escuela?

Ven ardillita:
tengo una jaula
que es muy bonita.

No, yo prefiero
mi tronco de árbol
y mi agujero.

Poemas escogidos para niños, Editorial Piedra
Santa, S.A., San Salvador, 1998.

33

LA BALLENA MAMÁ
Nativos de la isla Tiburón
MÉXICO

La ballena mamá está contenta.
Nada en la superficie, muy deprisa.
No hay tiburones cerca,
pero ella nada y nada siempre aprisa
muchas leguas allá,
otra vez para acá.
Después se hunde hasta el fondo
y nacen cuatro ballenitas.

Poesía indígena de América, Arango Editores Ltda.,
Santa Fé de Bogotá, 1995.

LA TORTUGUITA
Manuel Felipe Rugeles
VENEZUELA

¡La tortuguita
sale del río
a buscar sol
llena de frío!

¡La tortuguita
no tiene pena
y se ha dormido
sola en la arena!

¡La tortuguita
pierde el sentido.
Ya no se acuerda
dónde ha nacido!

¡Se la trajeron
de San Fernando,
y ella no sabe
cómo ni cuándo!

¡Y en un acuario
de algas y flores,
ya la han pintado
de mil colores!

Antología de poemas infantiles venezolanos,
Fe y alegría, Maracaibo, 1983.

LOS COYOLARES (PALMARES)
Froilán Turcios
HONDURAS

En los fértiles bosques olanchanos
peinados por el céfiro sonoro,
muestran —en la aridez de los veranos—
los coyolares sus racimos de oro.

Erizados de fúlgidas espinas
abren al sol sus palmas de verdores,
desgranando, en horas vespertinas,
lluvias ligeras de fragantes flores.

Con el hacha vibrante el hombre arroja
al vegetal sobre la pura tierra,
de inútiles ramajes la despoja

y en él una oquedad abre su daga;
y el delicioso líquido que encierra
con dulce ardor su corazón embriaga.

Poemas escogidos para niños, Editorial Piedra
Santa, S.A., San Salvador, 1998.

MANDADEROS
DE LA LLUVIA
Humberto Ak'abal

GUATEMALA

El canto de los cenzontles
anuncia que la lluvia
viene en camino.

Las luciérnagas
con su baile de luces amarillas
dicen que la lluvia está cerca.

Y cuando los sapos
se desvisten de su piedra,
nubes oscuras borran el cielo
y comienzan a caer
las primeras gotas de lluvia.

Desnuda como la primera vez, Artemis Edinter,
Guatemala, C.A., 2000. Permiso de publicación
otorgado por el autor.

RESURRECCIÓN
Julia Esquivel
GUATEMALA

Amo la vida,
el sol, el aullido del viento en la montaña,
la tempestad, los truenos,
el canto alegre de los pájaros,
la alegría de los conejos,
el ladrido de los perros
y el paseo de los caracoles
después de la lluvia.

Amo la vida,
el cante hondo del gitano rebelde,
el lamento ancestral de la flauta,
la danza violenta de los rusos
y la sonrisa tímida de los niños indios.

Amo la vida,
piel morena o blanca,
el brillo de las mejillas de los negros,
los cabellos que tienen el color
del pelo del maíz
Amo las hormigas nunca ociosas,
el mugido de las vacas
y el tintineo de sus campanas
en los Alpes.

Amo la vida,
el zumbido de las abejas golosas,
las travesuras de las ardillas,
la piel maravillosa del zorro,
la bella estampa del cervatillo
y la gallardía del caballo
con su melena al viento.

Ecumenical Program on Central America
and the Caribbean (EPICA), Washington,
D.C., 1993. Permiso de publicación
otorgado por la autora.

37

EL NIDO
Alfredo Espino

EL SALVADOR

Es porque un pajarito de la montaña ha hecho,
en el hueco de un árbol su nido matinal,
que el árbol amanece con música en el pecho,
como si tuviera corazón musical.

Si el dulce pajarito por entre el hueco asoma,
para beber rocío, para beber aroma,
el árbol de la sierra me da la sensación
de que se le ha salido, cantando, el corazón...

Poemas escogidos para niños, Editorial Piedra Santa, S.A.,
San Salvador, 1998.

EL SAPO Y LA LUNA
Javier Villegas Fernández
PERÚ

Un sapo croaba
camuflado en el agua
y la luna viajaba
vestida de enagua.

Saltaba y saltaba
el sapo encantado
y la luna observaba
con su color plateado.

El sapo y la luna
se andaban buscando
y cerca a la laguna
estuvieron charlando.

Juntos planearon
su viaje nocturno
y ambos se marcharon
en el mismo turno.

Detrás de la luna
el sapo remaba
porque en la laguna
la luna viajaba.

Página virtual de la poesía Lambayecana,
Lambayeque, 2000. Permiso de publicación
otorgado por el autor.

FUCSIAS
Óscar Alfaro
BOLIVIA

Las niñas de caramelo
están bailando en el aire.

Con pollerines de estrellas,
riegan de chispas la tarde.

¡Ay, cómo suben danzando
las escalas musicales!…

Con zapatillas de oro,
con abanicos de sangre.

Sobre lunas de rocío
pisan y giran y caen.

Y se cuelgan de las barbas
del viejo sol de mi valle.

Escuela y poesía, Cooperativa Editorial Magisterio,
Santa Fé de Bogotá, 1997.

IREMOS A LA MONTAÑA
Alfonsina Storni
ARGENTINA

A la montaña,
nos vamos ya,
a la montaña
para jugar.
En las laderas
el árbol crece,
brilla el arroyo,
la flor se mece.
Qué lindo el aire,
qué bello el sol,
azul el cielo,
se siente a Dios.
Vivan mis valles
los Calchaquíes.
Está la tarde
de terciopelo,
malva en la
piedra,
rosa en los cielos.
A la montaña
formemos ronda,
ronda de niños,
ronda redonda.

Lectura y comunicación, Ediciones Santillana, Inc.,
Guaynabo, 1997.

MAYO
Maya Cu
GUATEMALA

Habrá algo
en cada pino
para mis sueños

Habrá musgo
en cada espacio
de mis venas

Habrán flores
en cada espina
de esperanza

Habrá
una canción
en cada paso
de alma

Estará mi
mundo crecido
en cada una
de ellas
— las que son
de ellos
— los que viven

Novísimos, Editorial Cultura, Guatemala, 1996.
Permiso de publicación otorgado por la autora.

ESTO DIJO
EL POLLO CHIRAS

Víctor Eduardo Caro

COLOMBIA

Esto dijo el Pollo Chiras
cuando lo iban a matar:
"Dése breve, mi señora,
ponga el agua a calentar;

Un carbón eche a la estufa
y no cese de soplar,
que nos va cogiendo el día
y el señor viene a almorzar.

Pero escúcheme una cosa
que le quiero suplicar:
el pescuezo no me tuerza
como lo hace Trinidad.

Hay mil medios más humanos
de dormir a un animal
y de hacer que dure el sueño
por toda la eternidad.

Cumpla, pues, buena señora
mi postrera voluntad,
y despácheme prontico
sin dolor y sin crueldad."

La señora que era dama
de extremada caridad,
se quedó muy confundida
al oír lo dicho atrás.

Estudió el asunto a fondo,
consultó una autoridad,
se leyó varios volúmenes
en inglés y en alemán;

Compró frascos, ingredientes,
un termómetro, un compás,
dos jeringas hipodérmicas
y no sé qué cosas más.

Y en ensayos y experiencias
en tubitos de cristal,
y en lecturas y consultas
todo el tiempo se le va.

Mientras tanto el Pollo Chiras
canta alegre en el corral:
"¡Dése breve, mi señora,
ponga el agua a calentar!"

País de versos, Tres Culturas Editores, Santa Fé de Bogotá, 1995.

Recetas mágicas

LA ARAÑITA TEJEDORA
Emilia Gallego Alfonso
CUBA

En mi patio hay una araña
que trabaja sin cesar;
en las flores, en las ramas,
teje telas de cristal.

Y en los hilos de su tela
se refleja más el sol
que en el agua de la fuente
donde baila el girasol.

Para un niño travieso, Universidad de La Habana,
Ciudad de La Habana, 1981. Permiso de publicación
otorgado por la autora.

SIGNO DEL GERANIO a)
Otto-Raúl González
GUATEMALA

Pasó triste y callado el buhonero
bajo la lluvia que borraba
sus rasgos en la noche;
y llevaba un geranio entre su pecho.

Pasó el obrero cabizbajo y solo,
sudoroso,
el alma y los zapatos rotos;
y llevaba un geranio entre los ojos.

Pasó la nave azul de las vocales,
la maestrita de la escuela;
y llevaba un geranio entre sus trenzas.

Voz y voto del geranio, Editorial Cultura, Guatemala,
1994.

SIGNO DEL GERANIO b)
Otto-Raúl González
GUATEMALA

Pasó la ágil muchacha,
la góndola de todas las dulzuras,
la muchacha más guapa de mi barrio,
la que estuvo sirviendo en casa grande;
y llevaba un geranio entre su vientre.

Pasó el más explotado:
ese pequeño voceador descalzo
que grita las noticias por la calle,
que a veces va a la escuela
y siempre tiene ardidas las pupilas
de frío, hambre y sueño;
y llevaba un geranio en las mejillas.

Todos llevaban un geranio
y todos ensayaban
no el signo de la cruz, sí el del geranio.

Voz y voto del geranio, Editorial Cultura, Guatemala,
1994.

CANOAS INDIAS
Aramís Quintero
CUBA

Todo lo que tú dices,
lo oye el conejo.

¿No le ves las orejas?

Lo mismo si está cerca
que si está lejos.

¿No le ves las orejas?

Ellas cargan con todo
lo que tú digas.

Canoas indias.

Revista virtual *Cuatrogatos*, 2000.
Permiso de publicación otorgado por el autor.

CASTILLOS
Excilia Saldaña
CUBA

En el cielo hay
un castillo,
un castillo hay
en el mar.
El del cielo es de vuelo,
de agua y olas el de la mar.

En el pino hay
un castillo,
un castillo hay
en el mar.
El del pino es de trinos,
de arena el de la mar.

En mi sangre hay
un castillo,
un castillo hay
en el mar.
El de sangre es mi hijo:
cielo, alas, trino y mar.

Revista virtual *Cuatrogatos*, 2000.

BREBAJE MÁGICO PARA TODO USO

Irene Vasco

COLOMBIA

En un gran caldero, picados o enteros,
se echan dos tomates y dos disparates,
tres kilos de sal y uno de cristal,
un poco de niebla y otro de pimienta,
dos tazas de hiedra y un kilo de piedra.

Todo esto se bate, se echa otro tomate,
si le falta sal, se agrega al final,
si no queda bueno, se le agrega un trueno,
y si ya está listo, se agrega un pellizco.

No hay que cocinar ni tampoco hornear.
En cualquier lugar o necesidad,
se toma una gota
y el resto…
se bota.

Escuela y poesía, Cooperativa Editorial Magisterio, Santa Fe de Bogotá, 1997.
Permiso de publicación otorgado por la autora.

LA MURALLA
Nicolás Guillén
CUBA

Para hacer esta muralla,
tráiganme todas las manos:
los negros, sus manos negras;
los blancos, sus blancas manos.
Ay,
Una muralla que vaya
desde la playa hasta el monte,
desde el monte hasta la playa,
allá sobre el horizonte.
— ¡Tun, tun!
— ¿Quién es?
— Una rosa y un clavel…
— ¡Abre la muralla!
— ¡Tun, tun!
— ¿Quién es?
— El sable del coronel…
— ¡Cierra la muralla!
— ¡Tun, tun!
— ¿Quién es?
— La paloma y el laurel…
— ¡Abre la muralla!
— ¡Tun, tun!
— ¿Quién es?
— El alacrán y el ciempiés…
— ¡Cierra la muralla!

Al corazón del amigo,
abre la muralla;
al veneno y al puñal,
cierra la muralla;
al mirto y la yerbabuena,
abre la muralla;
al diente de la serpiente,
cierra la muralla;
al ruiseñor en la flor,
abre la muralla…

Alcemos una muralla
juntando todas las manos:
los negros, sus manos negras;
los blancos, sus blancas manos.
Una muralla que vaya
desde la playa hasta el monte,
desde el monte hasta la playa,
allá sobre el horizonte…

Lectura y comunicación, Ediciones Santillana, Inc.,
Guaynabo, 1997.

CON SOL
Y CON LUNA
Marcos Leibovich
ARGENTINA

La luna es un arpa;
el sol, un trombón.
Con sol y con luna
yo haré mi canción.

La luna es de harina;
el sol es de miel.
Con sol y con luna,
¡qué rico pastel!

La luna es un lirio;
el sol, tulipán.
Con sol y con luna
mil ramos se harán.

La luna es reposo
el sol es acción.
Con sol y con luna,
¡qué buena lección!

Lectura y comunicación, Ediciones Santillana, Inc.,
Guaynabo, 1997.

EL CARACOL
Emilia Gallego Alfonso
CUBA

El caracol de la playa
guarda la risa,
ligera y clara,
de las olas al llegar.

El caracol de la orilla
guarda la pena,
breve y sencilla,
de las olas que se van.

Eco de la risa clara
y de la pena sencilla:
caracol de la playa,
caracol de la orilla.

Y dice una mariposa, Editorial Gente Nueva,
Ciudad de La Habana, 1983. Permiso de
publicación otorgado por la autora.

49

EL MAGO
David Chericián
CUBA

Un mago con mucha magia
por una puerta salió
y su sombrero volando
por la puerta regresó:
regresó, cruzó las piernas
y en la mesa se sentó.

Del sombrero sale un gato,
del gato sale un avión,
del avión sale un pañuelo,
del pañuelo sale un sol,
del sol sale todo un río,
del río sale una flor,
de la flor sale una música
y de la música yo.

Revista virtual *Cuatrogatos,* 2000. Permiso de
publicación otorgado por el autor.

LUCIÉRNAGA
Aramís Quintero
CUBA

Bajo la noche llena
de estrellas y luceros,
va una estrellita sola
parpadeando en silencio.

Vocecita que pasa
contándonos un cuento.
No se oye. Se siente
pasar un pensamiento.

Educación y poesía, Cooperativa Editorial
Magisterio, Santa Fé de Bogotá, 1997.
Permiso de publicación otorgado por el autor.

ACUARELA

Clarisa Ruiz

COLOMBIA

Atrapados en la
Caja de acuarela,
Un cielo, el sol,
Árboles,
Rosas,
El camino hacia la casa,
La nube que viene y pasa, y el
Arco iris.

Revista virtual *Cuatrogatos*, 2000.
Permiso de publicación otorgado por la autora.

LLUVIA
Humberto Ak'abal
GUATEMALA

En hilitos de agua
se desmadejan las nubes
y se hartan de tierra.

¡Fresco verdor de campos!

Juega la lluvia
chapoteando entre lodo.

La tierra huele.

Y los pájaros
dejan volar sus cantos.

Revista virtual *Cuatrogatos*, 2000. Permiso de
publicación otorgado por el autor.

EL BARQUITO

Humberto Ak'abal

GUATEMALA

La tarde no se quería ir
Todo era agua, agua, agua.

— El niño reía —
Soltó el barco de vela;
De su boca brotó el viento
Y comenzó a navegar.

Se iba, se iba, se iba,
Sus ojitos detrás del barco
Y él, dentro,
Soñando, cantando
Hasta que se hundió

Una hoja más del cuaderno
Y continuó su viaje
En otro barquito de papel.

Revista virtual *Cuatrogatos*, 2000. Permiso de
publicación otorgado por el autor.

Palabras y libros
podemos armar
castillos de arena
y torres de sal

A LA ORILLA DEL AGUA

Octavio Paz

MÉXICO

La hormiguita que pasa
por la orilla del agua
      parece
decir adiós al inclinar sus antenas

Qué voy a hacer si pienso en ti al observala
Tan segura de su misión
      tan hermosa

Siempre a punto de ahogarse
y siempre salvándose

Siempre diciendo adiós
a quien no ha de volver a verla.

Octavio Paz. *Obra poética, 1935-1988,* Seix Barral,
México, 2000.

EJEMPLO
Octavio Paz
MÉXICO

La mariposa volaba entre los autos.
Marie José me dijo: ha de ser Chuang Tzu,
de paso por Nueva York.
              Pero la mariposa
no sabía que era una mariposa
que soñaba ser Chuang Tzu
              o Chuang Tzu
que soñaba ser una mariposa.
La mariposa no dudaba:
              volaba.

Octavio Paz. *Obra poética, 1935-1988,* Seix Barral, México,
2000.

EL SOL NO TIENE BOLSILLOS
María Elena Walsh

ARGENTINA

El sol no tiene bolsillos,
la luna no tiene mar.
Por qué en un mundo tan grande
habrá tan poco lugar.

He visto flores cuadradas
y un pájaro militar.
Por qué en un mundo tan grande
habrá tan poco lugar.

Por qué si el aire es de todos
pagamos por respirar.
Por qué en un mundo tan grande
habrá tan poco lugar.

Y a dónde voy
y a dónde vas
y a dónde vamos a parar
rodando en una burbuja
en busca
de la humanidad.

Las canciones, Compañía Editora Espasa Calpe
Argentina, S.A.,/Seix Barral, Buenos Aires, 1994.
Permiso de publicación otorgado por la autora.

LA LLAVE
Humberto Ak'abal
GUATEMALA

La llave siempre iba con ella,
era su costumbre.

Y la abuela Saq'kil,
algunos días antes de dejarnos,
apretaba en su puño
una llave.

¿Qué había en su cofre?

El último día
su mano se aflojó
y la dejó caer.

Del cofre salió volando
una mariposa dorada.

Desnuda como la primera vez, Artemis Editer,
Guatemala, C.A., 2000. Permiso de publicación
otorgado por el autor.

NEGRO SOY DE PANAMÁ

Carlos F. Changmarín

PANAMÁ

Negro soy del Marañón,
negro de Guachapalí,
negro desde que nací,
en el oscuro rincón.

Soy el tigre, soy el león
soy el palo del macano,
soy el lucero temprano
y la piedra de diamante…
vengo del pueblo cantante,
libertario y soberano.

Yo soy hijo de una negra
con negro de San Miguel,
Negro por parte de padre
también por la madre de él.

Negro estuve y negro fui,
negro crecí y negro estoy,
negro lucho hasta la muerte;
negro con ella me voy.

Negro vine de los mares
en la noche colonial,
negro como no hay ninguno
y más negro en el canal.

Yo no gimo, yo no lloro,
yo no me quejo de mí,
aunque de negro me muero
desde el día que el mundo vi.

Hay negros que negros son:
negro fue el Maceo cubano;
negro que rompió cadenas,
fue nuestro negro Bayano.

Negro soy de la negrura,
negro de caja y tambor,
negro de cumbia y curacha
y de fantasía y de amor.

Y no por negro he de ser
basura de los demás…
Un día vendrá más temprano.
¿Esclavo? ¡Nunca jamás!

Roja se verá la sangre
señores, de mar a mar
y ese día los negros congos
tendrán ganas de bailar.

Negro soy del Marañón
negro de Guachapalí,
¡Ay, negra, tócame aquí
donde tengo el corazón!
Pues quiero bailar un son.
Hagan rueda por mitad.
Me gusta la claridad
y el verso que voy cantando,
y quiero morir peleando
al son de la libertad.

Poesía testimonial latinoamericana, Editores
Mexicanos Unidos, S.A., México, 1999.

PATRIA
Julio Herrera y Reissig
URUGUAY

¡Oh, Patria, Patria querida,
cuántos placeres te debo!
Tú me recuerdas los seres
a que más amor profeso;
tú me recuerdas la infancia
con sus inocentes juegos;
tú me recuerdas los días,
de mayor dicha y sosiego,
las caricias de mi madre,
y los cuentos de mi abuelo.

¡Oh, Patria, Patria querida,
cuántos placeres te debo!

Poemas escogidos para niños, Editorial Piedra
Santa, S.A., San Salvador, 1998.

PREGUNTAS A LA HORA DEL TÉ

Nicanor Parra

CHILE

Este señor desvaído parece
Una figura de un museo de cera;
Mira a través de los visillos rotos:
Qué vale más, ¿el oro o la belleza?,
¿Vale más el arroyo que se mueve
O la chépica fija a la ribera?
A lo lejos se oye una campana
Que abre una herida más, o que la cierra:
¿Es más real el agua de la fuente
O la muchacha que se mira en ella?
No se sabe, la gente se lo pasa
Construyendo castillos en la arena.
¿Es superior el vaso transparente
A la mano del hombre que lo crea?
Se respira una atmósfera cansada
De ceniza, de humo, de tristeza:
Lo que se vio una vez ya no se vuelve
A ver igual, icen las hojas secas.
Hora del té, tostadas, margarina,
Todo envuelto en una especie de niebla.

The Antipoetry of Nicanor Parra, New York University Press, New York, 1975.

PROGRAMA MATINAL

Rubén Darío (de *Cantos de vida y esperanza*)

NICARAGUA

¡Claras horas de la mañana
en que mil clarines de oro
dicen la divina diana!
¡Salve al celeste Sol sonoro!

En la angustia de la ignorancia
de lo porvenir, saludemos
la barca llena de fragancia
que tiene de marfil los remos.

¡Epicúreos o soñadores
amemos la gloriosa vida,
siempre coronada de flores
y siempre la antorcha encendida!

Exprimamos de los racimos
de nuestra vida transitoria
los placeres porque vivimos
y los champañas de la gloria.

Devanemos de Amor los hilos,
hagamos, porque es bello, el bien,
y después durmamos tranquilos
y por siempre jamás. Amén.

Biblioteca virtual *Miguel de Cervantes,* 2000.

ROMPEOLAS

Julia de Burgos

PUERTO RICO

Voy a hacer un rompeolas
con mi alegría pequeña…
No quiero que sepa el mar,
que por mi pecho van penas.

No quiero que toque el mar
la orilla acá de mi tierra…
Se me acabaron los sueños,
locos de sombra en la arena.

No quiero que mire el mar
luto de azul en mi senda…
(¡Eran auroras mis párpados,
cuando cruzó la tormenta!)

No quiero que llore el mar
nuevo aguacero en mi puerta…
Todos los ojos del viento
ya me lloraron por muerta.

Voy a hacer un rompeolas
con mi alegría pequeña,
leve alegría de saberme,
mía la mano que cierra.

No quiero que llegue el mar
hasta la sed de mi poema,
ciega en la mitad de una lumbre,
rota en mitad de una ausencia.

El mar y tú y otros poemas, Ediciones Huracán, Río
Piedras, 1981.

PARA LA PAZ

Roque Dalton
EL SALVADOR

Será cuando la luna se despida del agua
con su corriente oculta de luz inenarrable.

Nos robaremos todos los fusiles,
apresuradamente.

No hay que matar al centinela, el pobre
sólo es función de un sueño colectivo,
un uniforme repleto de suspiros
recordando el arado.
Dejémosle que beba ensimismado su luna y su granito.

Bastará con la sombra lanzándonos sus párpados
para llegar al punto.

Nos robaremos todos los fusiles,
irremisiblemente.

Habrá que transportarlos con cuidado,
pero sin detenerse
y abandonarlos entre detonaciones
en las piedras del patio.

Fuera de ahí, ya sólo el viento.

Tendremos todos los fusiles,
alborozadamente.

No importará la escarcha momentánea
dándose de pedradas con el sudor de nuestro sobresalto,
ni la dudosa relación de nuestro aliento
con la ancha niebla, millonaria en espacios:
caminaremos hasta los sembradíos
y enterraremos esperanzadamente
a todos los fusiles,
para que una raíz de pólvora haga estallar en mariposas
sus tallos minerales
en una primavera futural y altiva
repleta de palomas.

...La ventana en el rostro, UCA Editores, San Salvador, 1998.

ESTE NIÑO DON SIMÓN
Manuel Felipe Rugeles
VENEZUELA

El niño Simón Bolívar
tocaba alegre el tambor
en un patio de granados,
que siempre estaban en flor.

Montó después a caballo.
Dicen que en potro veloz;
por campos de San Mateo,
era el jinete mejor.

Pero un día se hizo grande
el que fue niño Simón
y a caballo siguió andando,
sin fatiga, el soñador.

De Angostura hasta Bolivia
fue, guerrero y vencedor,
por el llano y por la sierra,
con la lluvia y con el sol.

A caballo anda en la historia
este niño don Simón,
como anduvo por América
cuando era El Libertador.

Antología de poemas infantiles venezolanos, Fe y alegría, Maracaibo, 1983.

POSTAL DE GUERRA

María Elena Walsh

ARGENTINA

Un papel de seda
flota en la humareda.
Lleva la corriente
derramado el puente.
Lágrimas.

La tarde se inclina,
pólvora y neblina.
La ceniza llueve
silenciosamente.
Lágrimas.

Ay, cuándo volverán
la flor a la rama
y el olor al pan.

Árboles quemados,
pálidos harapos.
Náufraga en la charca
se hunde una sandalia.
Lágrimas.

Fantasmales pasos
huyen en pedazos.
Sombras y juncales.
Un montón de madres.
Lágrimas.

Ay, cuándo volverán
la flor a la rama
y el olor al pan.
Lágrimas, lágrimas, lágrimas.

Las canciones, Compañía Editora Espasa Calpe
Argentina, S.A.,/Seix Barral, Buenos Aires, 1994.
Permiso de publicación otorgado por la autora.

BARCO Y SUEÑOS

Francisco Feliciano-Sánchez

PUERTO RICO

Mi barquito de papel
no salió de un astillero.
Mi barquito de papel
es producto de mis sueños.

Cobra vida diferente;
viaja iluso por el mundo
ayudando a la gente
a tener sueños profundos.

No se puede cuestionar
ir a la imaginación.
Si quieres volar, ¡vuela!
Te lo dicta el corazón.

Poemas para niñas y niños, Editorial Azogue, San
Juan, 2000. Permiso de publicación otorgado
por el autor.

CANTINELA

Aramís Quintero

CUBA

Por la praderita
de menuda hierba,
entre piedras lisas
y doradas piedras,
con su risa clara, cantante y ligera,
va el hilito de agua
Cantinela.

Lleva cierta prisa,
dice que lo esperan
importantes aguas
mar afuera.

Pero a pocos pasos
de su fontanela,
todo queda en una
lagunita, de esas
que cuando no llueven
se secan.

Y el hilito dice
que alta mar lo espera.
¡Por mí que lo diga,
y que se lo crea!

Un elefante en la cuerda floja, Ediciones Unión,
Ciudad de La Habana, 1998. Permiso de
publicación otorgado por el autor.

CAUDAL
Miguel Ángel Asturias
GUATEMALA

Dar es amar,
dar prodigiosamente,
por cada gota de agua
devolver un torrente.

Fuimos hechos así,
hechos para botar
semillas en el surco
y estrellas en el mar
y ¡ay! del que no agote,
Señor, su provisión
y al regresar te diga
¡Como alforja vacía
está mi corazón!

Poemas escogidos para niños, Editorial Piedra
Santa, S.A., San Salvador, 1998.

LA FLORECITA DE DIENTE DE LEÓN
Carmen Lyra
COSTA RICA

Soy la florecita
del diente de león,
parezco en la hierba
un pequeño sol.

Me estoy marchitando,
ya me marchité;
me estoy deshojando,
ya me deshojé.

Ahora soy un globo
fino y delicado,
ahora soy de encaje,
de encaje plateado.

Somos las semillas
del diente de león,
unas arañitas
de raro primor.

¡Qué unidas nos puso
la mano de Dios!
Ahora viene el viento:
¡Hermanos, adiós!

*Poroporo, Revista de literatura infantil y promoción
de la lectura*, Perú, 2000.

LA POBRE VIEJECITA
Rafael Pombo
COLOMBIA

Érase una viejecita
sin nadita qué comer
sino carnes, frutas, dulces,
tortas, huevos, pan y pez.

Bebía caldo, chocolate,
leche, vino, té y café,
y la pobre no encontraba
qué comer ni qué beber.

Y esta vieja no tenía
ni un ranchito en qué vivir
fuera de una casa grande
con su huerta y su jardín.

Nadie, nadie la cuidaba
sino Andrés y Juan y Gil
y ocho criadas y dos pajes
de librea y corbatín.

Nunca tuvo en qué sentarse
sino sillas y sofás
con banquitos y cojines
y resorte al espaldar.

Ni otra cama que una grande
más dorada que un altar,
con colchón de blanda pluma
mucha seda y mucho holán.

Y esta pobre viejecita
cada año, hasta su fin,
tuvo un año más de vieja
y uno menos que vivir.

Y al mirarse en el espejo
la espantaba siempre allí
otra vieja de antiparras,
papalina y peluquín.

Y esta pobre viejecita
no tenía que vestir
sino trajes de mil cortes
y de telas mil y mil.

Y a no ser por sus zapatos,
chanclas, botas y escarpín,
descalcita por el suelo
anduviera la infeliz.

Apetito nunca tuvo
acabando de comer,
ni gozó salud completa
cuando no se hallaba bien.

Se murió de mal de arrugas,
ya encorbada como un tres,
y jamás volvió a quejarse
ni de hambre ni de sed.

Y esta pobre viejecita
al morir no dejó más
que onzas, joyas, tierras, casas,
ocho gatos y un turpial.

Duerma en paz, y Dios permita
que logremos disfrutar
las pobrezas de esa pobre
y morir del mismo mal.

Poemas encantados y canciones de cuna, Tres
Culturas Editores, Santa Fé de Bogotá, 1989.

DESPEDIDA
Anónimo, atribuido a Jorge Luis Borges

Si pudiera vivir nuevamente mi vida,
en la próxima trataría de cometer más errores.
No intentaría ser tan perfecto,
me relajaría más.
Sería más tonto de lo que he sido,
de hecho tomaría muy pocas cosas con seriedad.
Sería menos higiénico.

Correría más riesgos
haría más viajes,
contemplaría más atardeceres.
Subiría más montañas, nadaría más ríos.
Iría a más lugares
y a los que nunca he ido.
Comería más helados y menos habas.
Tendría más problemas reales y
menos imaginarios.

Fui una de esas personas
que vivió sensata y prolíficamente
cada minuto de su vida,
claro que tuve momentos de alegría.
Pero si pudiera volver atrás
trataría solamente de tener buenos momentos.
Por si no lo saben,
de eso está hecha la vida,
sólo de momentos,
no se pierdan el ahora.

Era uno de esos que nunca iba
a ninguna parte
sin un termómetro,
una bolsa de agua caliente,
un paraguas y un paracaídas.

Si pudiera volver a vivir,
andaría desnudo hasta el final del otoño,
daría más vueltas en calesita,
contemplaría más amaneceres
y jugaría con más niños
Si tuviera otra vez la vida por delante…

Pero ya ven, tengo 85 y sé que me estoy muriendo…

Luis.Salas.net, Página virtual, 2001.

Biografías cortas

Humberto Ak'abal (1952-) Nacido en Guatemala, ha publicado doce libros de poesía que reflejan la tradición oral de los maya k'ikche' de Guatemala y Centroamérica. Es reconocido como uno de los máximos exponentes de la onomatopoesía de la literatura universal. Su obra ha sido traducida a varios idiomas y reconocida internacionalmente con los premios "Blaise Cendrars" en 1997 y "Canto de América" en 1998, otorgado por la UNESCO en México.

Óscar Alfaro (1921-1963) Poeta, narrador y educador boliviano, conocido en su país como "El poeta de los niños". Fue un entusiasta promotor de la literatura infantil. Publicó *Cajita de música, Alfabeto de estrellas, Cien poemas para niños* y *La escuela de fiesta*, entre otros.

Miguel Ángel Asturias (1899-1974) Nacido en Guatemala, fue poeta, novelista y ganador del Premio Nobel de Literatura en 1967. En 1925 tradujo el Génesis maya *Popol Vuh* al español. Fue un escritor prolífico. Entre sus libros más conocidos están *Leyendas de Guatemala, El señor presidente* y *Hombres de maíz*, la cual es considerada su obra maestra.

Germán Berdiales (1896-1975) Poeta y escritor argentino, fue maestro y su obra abarca todos los géneros de la literatura infantil. Entre sus libros de poesía podemos mencionar: *Joyitas, Fabulario, El nene en su corralito, Cielo pequeñito* y *Mis versos para la escuela*. Publicó también muchas obras de teatro para niños.

Julia de Burgos (1914-1953) Su nombre completo era Julia Constancia Burgos García. Nació en Puerto Rico y fue maestra de escuela, poeta y periodista. Autodesterrada en Cuba y Estados Unidos, murió en un hospital de Harlem, Nueva York, y fue enterrada anónimamente en una fosa común. Entre sus obras se cuentan: *Poemas en veinte surcos, Canción de la verdad sencilla,* y *El mar y tú,* las cuales reflejan su vida solitaria y su profundo amor por la naturaleza.

Víctor-Eduardo Caro (1877-1944) Nació en Colombia y fue poeta, escritor y periodista. Entre sus obras podemos mencionar: *A la sombra del alero, Sonetos, La juventud de Don Miguel Antonio Caro* y *Los números: su historia, sus propiedades, sus mentiras y verdades.*

Carlos F. Changmarín (1922-) Nació en Panamá, adquirió el titulo de maestro y estudió pintura y periodismo. Entre sus obras se destacan: *Socavón,*

Dos poemas, Poemas corporales, Versos del pueblo, Versos de muchachita. Ha publicado novelas y las antologías de poemas infantiles *Noche buena mala* y *La Muñeca de tusa.*

David Chericián (1940-) Nació en Cuba. Durante su niñez y juventud trabajó como actor de teatro, radio y televisión, y más tarde se desempeñó como jefe de redacción de revistas y como editor. Importantes compositores han musicalizado sus versos y su obra ha sido reconocida con el Premio Nacional Cubano de la Crítica en 1983 por su libro *Junto aquí poemas de amor.*

Teresa Crespo de Salvador (1928-) Poetisa y narradora, es una de las principales voces de la literatura infantil del Ecuador. Entre sus obras se cuentan: *Rondas, Pepe Golondrina, Hilván de sueños, Novena del Niño Jesús, Mateo Zimbaña* y *Ana de los ríos.*

Maya Cu (1968-) Nació en Guatemala y es maestra de educación primaria. Estudió historia y ha publicado su obra en revistas, periódicos y antologías. Su primer libro, *Poemaya* fue publicado en 1996 y algunos de sus poemas figuran en *Antología de poesía joven latinoamericana.*

Roque Dalton (1935-1975) Nació en El Salvador y aunque tuvo una vida relativamente corta, su obra literaria es extensa. *La Ventana en el rostro* fue su primer libro; con su poemario *Taberna y otros lugares* ganó el Premio Casa de las Américas en 1969. Publicó un libro de testimonio fundamental para el estudio de los acontecimientos relacionados con la insurrección campesina de 1932 en El Salvador, *Miguel Mármol,* y una novela-*collage* titulada *Pobrecito poeta que era yo.*

Rubén Darío (1867-1916) Nació en Nicaragua y fue el poeta modernista que cambió la ruta de la poesía de América Latina. Se llamaba Félix Rubén García Sarmiento, pero adoptó el nombre de Rubén Darío. Autor de una extensa obra literaria, muchos de sus poemas, algunos de sus cuentos y artículos periodísticos han sido traducidos al inglés, francés, italiano, portugués, alemán y lenguas escandinavas.

Carolina Escobar Sarti (1960-) Escritora y poeta guatemalteca, es catedrática universitaria y maestra. En 1978 ganó el premio por reportaje periodístico en el Festival de Primavera y en el 2000 el premio UNICEF a la comunicación. Publicó las antologías de poemas *La penúltima luz* y *Palabras sonámbulas* y desde 1993 ha publicado más de 300 artículos de prensa y ensayos en páginas editoriales y en revistas nacionales e internacionales.

Alfredo Espino (1900-1928) Poeta nacido en El Salvador. En *Jícaras tristes* se recopilaron los 96 poemas que escribió. Este libro, publicado en 1930, de manera póstuma, se convirtió en el preferido de muchos salvadoreños.

Julia Esquivel (1930-) Poetisa y teóloga nacida en Guatemala, ha trabajado con organizaciones para los derechos humanos y sus poemas se han traducido al inglés y a otros idiomas. Su primer libro de poemas, *Amenazado de resurrección,* se publicó en inglés con el título *Threatened with Resurrection* y su obra *Florecerás Guatemala* con el título *The Certainty of Spring.*

Francisco Feliciano-Sánchez (1950-) Nació en Puerto Rico y es educador, bibliotecario y director del taller educativo Aspira. Desde hace años viene trabajando en pro de la educación de los niños de bajos ingresos y de la participación de las minorías en la educación universitaria. Entre sus obras se cuentan: *Los poemarios místicos, Del lenguaje de la piedra* y *Enén: el barquito de papel.*

Emilia Gallego Alfonso (1946-) Nació en Cuba y sus obras *Y dice una mariposa* y *Sol sin prisa* fueron galardonadas con el premio de poesía La Edad de Oro en 1981 y en 1985, respectivamente. Su antología de poemas *Para un niño travieso* ganó el premio de literatura infantil 1981 del Departamento de Actividades Culturales de la Universidad de La Habana.

Otto-Raúl González (1921-) Prolífico poeta, narrador y ensayista guatemalteco; autor de al menos 35 libros, entre los que se cuentan: *Voz y Voto del geranio, A fuego lento, El hombre de las lámparas celestes* y *La siesta del gorila y otros poemas.* Su obra trata temas de orden social con un simbolismo sutil y un profundo sentido crítico.

Nicolás Guillén (1902-1989) Nació en Cuba. Sus primeros poemas datan de la década de 1930. Se convirtió en el representante más destacado de la poesía afroantillana y sus preocupaciones evolucionaron hacia temas políticos y sociales reflejados en *Poemas para niños y mayores de edad.* En *Prosa deprisa* se han recogido sus trabajos periodísticos.

Julio Herrera y Reissig (1875-1910) Poeta uruguayo que se convirtió en el líder del modernismo en su país. Sus *Obras completas (1911-1913)* fueron publicadas después de su muerte.

Juana de Ibarbourou (1895-1979). Escritora uruguaya, miembro de la Academia uruguaya de la lengua y ganadora del Premio nacional de literatura 1959, otorgado ese año por primera vez. Conocida como la "Juana de América", publicó varias novelas y las obras para niños: *Ejemplario, Libro de lectura* y *Los sueños de Natacha,* entre otras.

Claudia Lars (1899-1974) Claudia Lars es el seudónimo de la escritora salvadoreña Carmen Brannon. Su libro *Estrellas en el pozo,* incluye una sección dedicada a su hijo. En 1955 publicó el poemario *Escuela de pájaros,* obra clásica de la literatura infantil de El Salvador. Autora de la antología para niños *Girasol,* publicó sus memorias con el título *Tierra de infancia.*

Ismael Lee Vallejo (1932-) Nacido en Colombia, es miembro de la Academia Iberoamericana de Letras, Artes y Ciencias. Fue redactor y columnista de los diarios *El Siglo* y *El Espectador* y desde muy joven publicaba artículos editoriales en el diario *La Patria.* Entre sus obras se cuentan *Treinta manuscritos al amor, Caricaturas de perfil y de frente* y *El cuero.*

Marcos Leibovich Se sabe muy poco de este poeta, aunque su poema *Con sol y con luna* es muy popular en toda América Latina.

Carmen Lyra (1888-1948) Carmen Lyra es el seudónimo de la poeta costarricense María Isabel Carvajal Quesada. Fue una intelectual que promovió la educación y el arte para los jóvenes. Autora de la obra infantil clásica, *Los cuentos de mi tía Panchita,* dictó cátedra de literatura infantil en el Instituto Normal de Heredia en Costa Rica y vivió exiliada en México hasta su muerte.

Gabriela Mistral (1889-1957) Nacida Lucila Godoy de Alcayaga en Chile, fue maestra de escuelas rurales. Recibió el Premio Nobel de Literatura en 1945 y hasta la fecha ha sido la única mujer de América Latina laureada con el Nobel. En 1917 ya había publicado y era una poeta y escritora reconocida en Chile. En 1922 publicó la colección de cuentos titulada *Lecturas para Mujeres,* y su primer libro de poesías, *Desolación.* Otras obras conocidas son *Ternura, Tala,* y *Lagar.*

Amado Nervo (1870-1919) Considerado uno de los grandes poetas modernistas mexicanos, estudió ciencias, filosofía y leyes. *Místicas* fue su primer libro de versos. Fue diplomático y corresponsal de prensa. Una de las principales características de su obra es el tratamiento de temas patrios mezclados con arte y amor.

Esther María Ossés (1914-) Poetisa y educadora nacida en Panamá. Ha vivido en Argentina, Guatemala y Venezuela y se ha dedicado a promover grupos literarios. Entre sus libros de versos para niños están *Crece y camina, La niña y el mar* y *Soles de Maracaibo.*

Nicanor Parra (1914-) Nació en Chile, y ha publicado varios libros, incluyendo uno con la colaboración de su compatriota Pablo Neruda. Su primer libro, *Cancionero sin nombre,* fue publicado en 1938. Catedrático de física teórica en la Universidad de Chile, ha leído sus poemas en Inglaterra, Francia, Rusia, México, Cuba y los Estados Unidos.

Octavio Paz (1914-1999) Fue un prolífico escritor y poeta mexicano. Gran promotor de la cultura, fundador de revistas literarias, catedrático y periodista, Paz fue un líder de las letras en América Latina y su obra fue reconocida con el Premio Nobel de Literatura en 1990. En sus ensayos, de temática diversa, se destacan sus estudios filosóficos sobre el mexicano y su teoría literaria.

Rafael Pombo (1883-1912) Poeta, traductor y fabulista nacido en Colombia. Se le considera el poeta infantil clásico de la literatura colombiana. Sus libros *Cuentos pintados* y *Cuentos morales para niños formales* son de un gran sentido moral y recrean historias llenas de humor, fantasía.

Aramís Quintero (1948-) Nació en Cuba. Poeta, narrador y ensayista, se licenció en letras hispánicas en la Universidad de La Habana. Ha publicado más de quince libros y sus obras para niños y jóvenes *Días de aire* y *Maíz regado* recibieron el Premio Nacional "La Edad de Oro" en 1982 y en 1983 respectivamente. Otras obras para niños incluyen: *Fábulas y estampas* y *Letras mágicas*.

Manuel Felipe Rugeles (1903-1959) Distinguido escritor venezolano y fundador de la revista infantil *Pico-Pico*. Su libro *Canta Pirulero*, que vio la luz en 1950, está considerado un clásico de las letras infantiles en Venezuela. Entre otras obras destacadas se cuentan *Canto a Iberoamérica, Cantos del sur al norte,* y su obra póstuma *Dorada estación* (1961).

Clarisa Ruiz (1955-) Nació en Colombia donde realizó estudios de comunicación social en la Universidad Jorge Tadeo Lozano; luego realizó estudios de filosofía en la Universidad Nacional de Bogotá y en la Sorbona de París. Se ha destacado en el medio cultural colombiano y entre sus obras infantiles se cuentan: *Traba la lengua la traba, Palabras que me gustan, El libro de los días* y *El gato con botas*.

Excilia Saldaña (1946-1999) Ensayista y poetisa cubana, fue autora de los libros *Cantos para un mayito una paloma*, Premio nacional de literatura infantil Ismaelillo 1979, y *La noche*, reconocido con el mismo premio en 1989. En 1987 publicó *Kele-kele*, una colección de narraciones para jóvenes inspiradas en la mitología yoruba.

Enrique Solano Rodríguez (1940-) Poeta y editor nacido en Perú, es director nacional de la Asociación Peruana de Literatura Infantil y Juvenil. Ha editado numerosas obras entre las que se cuentan *Agonías rebeldes, Sonajas de paz y otros poemas, Poetas a los niños de América,* y *Definiciones y otros poemas*.

Alfonsina Storni (1892-1938) Poetisa que nació en Suiza y vivió en Argentina, fue maestra y periodista. Publicaba con el seudónimo de Tao Lao.

Froilán Turcios (1875-1943) Poeta hondureño que en 1894 fundó el semanario *El pensamiento*. Dirigió el semanario *El tiempo* y la revista de artes y letras *Esfinge*. Fue miembro del gobierno y embajador de Honduras en varias ocasiones, además trabajó para promulgar la literatura entre los jóvenes de su país.

Irene Vasco (1952-) Autora colombiana, es promotora de la lectura y de las bibliotecas comunitarias. Fue fundadora y codirectora de Espantapájaros Taller y traductora del portugués de Lygia Bojunga, Ana María Machado y Rubem Fonseca. Entre sus obras se cuentan: *Como todos los días, Paso a paso, Conjuros y sortilegios* y *Don Salomón y la peluquera*.

Javier Villegas Fernández (1955-) Nació en Perú y su obra *La luna cantora* recibió el Premio Nacional de Educación "Horacio" en 1991. Su trabajo en el mundo de las letras lo hizo merecedor del Diploma de la Biblioteca Nacional del Perú. Actualmente dirige el Centro de Promoción de la Literatura Infantil y la Lectura y es director y editor de la revista *Poroporo*. Entre sus obras se cuentan, también, *Rimando la alegría, Repertorio de ternura, La flauta del agua* y *Poesía para niños*.

María Elena Walsh (1930-) Prominente escritora, compositora y cantante argentina; muy joven publicó su primer libro de poesía *Otoño imperdonable*. Su extensa obra comprende canciones, poesías, guiones de películas y recitales. Su obra ha sido reconocida con premios nacionales e internacionales y además fue nombrada ciudadana ilustre de la ciudad de Buenos Aires. Sus libros han sido traducidos a ocho idiomas.

ÍNDICE DE POETAS

ÍNDICE DE TÍTULOS